CUENTO
DE LUZ

A mi madre, una luminosa bisabuela que contagia alegría de vivir.
- Carmen Gil -

A todos los que dan luz a nuestras vidas.
- Silvia Álvarez -

Impermeable y resistente
Producido sin agua, sin madera y sin cloro
Ahorro de un 50% de energía

Margarito
© 2017 del texto: Carmen Gil
© 2017 de las ilustraciones: Silvia Álvarez
© 2017 Cuento de Luz SL
Calle Claveles, 10 | Urb. Monteclaro | Pozuelo de Alarcón | 28223 | Madrid | Spain
www.cuentodeluz.com
ISBN: 978-84-16733-31-6
Impreso en PRC por Shanghai Chenxi Printing Co., Ltd. abril de 2018, tirada número 1632-1
2ª edición

Margarito

Carmen Gil
Silvia Álvarez

El protagonista de esta historia es un burro. Bueno, un burro, un asno, un pollino, un borrico… ¡Tiene tantos nombres…! Y a todos responde. Pero el que más le gusta es Margarito.

Una mañana de primavera de hace muchos, muchos años, el burrito asomó por primera vez su hocico al mundo en una pradera llena de margaritas.

—Lo vamos a llamar Margarito —dijo su amo. Y el animal rebuznó. O sonrió, que con los burros nunca se sabe.

A partir de aquel día, Margarito se
convirtió en parte de la familia. Ayudaba a traer
la leña, jugaba con los niños, los llevaba de paseo… Y vigilaba
día y noche que el lobo no se acercara a la granja. Con sus largas
orejas, era el primero en escucharlo. Y rebuznando sin
parar, alertaba a sus amos.

Margarito vivía feliz. Le encantaba su trabajo. ¡Se sentía tan orgulloso de ser un burro…! Un burro era el protagonista de *Los músicos de Bremen*. Un burro, el que acompañó a Sancho Panza en sus aventuras con Don Quijote. Y un burro, el que con su aliento dio calor al Niño en el portal de Belén.

En la granja, Margarito era muy popular. La ovejas balaban a su alrededor agradecidas, porque las protegía del lobo. Beee, beee. Las vacas mugían mientras Margarito las abanicaba con sus orejas. Muuu, muuu. Las gallinas cacareaban entre sus patas, porque compartía su trigo con ellas. Cococó, cococó. El perro ladraba jugando con su cola. Guau, guau. Y hasta el gato maullaba, tumbado plácidamente sobre el pelo suave de su lomo. Miau, miau.

Y entre balidos, mugidos, cacareos, ladridos y maullidos, los años fueron pasando. Margarito cumplió los quince. Después los veinte. Más tarde los treinta. Y con la edad, el burro fue perdiendo agilidad, fortaleza y oído. Ya era incapaz de saltar la valla sin tropezar, no podía transportar mucha leña en sus alforjas ni distinguía los sigilosos pasos del lobo cuando se acercaba a la granja.

Una tarde de lluvia, llegó a la granja un hermoso potro, lleno de juventud y energía, que dejó boquiabiertos a todos. Se llamaba Flamante. Y estaba orgullosísimo de ser un caballo. Como Pegaso, que desplegando sus alas atravesaba el cielo. Como Sílver, el fiel acompañante del Llanero Solitario. O como Rocinante, capaz de enfrentarse a gigantes junto a Don Quijote.

Y las ovejas balaban a su alrededor agradecidas, porque era el nuevo vigilante. Beee, beee. Las vacas mugían admirando su belleza y su juventud. Muuu, muuu. Las gallinas cacareaban entre sus patas, picoteando la cebada. Cococó, cococó. El perro ladraba cuando Flamante le lanzaba una bola de paja con el hocico. Guau, guau. Y hasta el gato maullaba cabalgando sobre su montura. Miau, miau.

Flamante estaba encantado de su éxito. Le chiflaba eso de ser admirado. Saltaba altos muros para demostrar su agilidad. Transportaba pesadas cargas de leña para exhibir su fortaleza. Y avisaba de la llegada de un visitante que aún estaba a kilómetros de distancia para dejar a los demás fascinados con la agudeza de su oído. Y mientras tanto, Margarito observaba, olvidado por todos, desde un rincón de la granja.

Llegó el verano y los dueños de la granja salieron de viaje. Durante su ausencia, Flamante, para despertar el asombro de los animales, galopaba de acá para allá dando saltos y haciendo cabriolas. Tan emocionado estaba que, en uno de los caracoleos, volcó sin querer el abrevadero. Toda el agua cayó al suelo y fue absorbida por la tierra.

—¿Qué vamos a hacer ahora? Vamos a morir de sed —se quejaban los animales asustados.

Y las ovejas balaban en el redil pidiendo socorro. Beee, beee. Las vacas mugían en el prado. Muuu, muuu. Las gallinas cacareaban en su caseta. Cococó, cococó. El perro ladraba junto al portón. Guau, guau. El gato maullaba encima del tejado. Miau, miau. Y hasta Flamante relinchaba alarmado en el establo. Hiii, hiii. Por su parte, Margarito lo miraba todo desde un rincón.

—Si pedimos auxilio cada uno por nuestro lado, no vamos a lograr que nos oigan. Lo mejor es trabajar en equipo. Iooo, iooo —rebuznó Margarito.

—¿En equipo? ¿Qué es eso? Cococó, cococó —cacareó una gallina pinta.

—Pues juntos —le explicó Margarito—. Tenemos que formar un coro y, todos a la vez, vamos a gritar para que vengan a ayudarnos.

Beee, muuu, cococó, guau, miau, iooo… El escándalo que formaron, entre balidos, mugidos, cacareos, ladridos, maullidos, relinchos y rebuznos, fue tal que no tardaron en acudir los vecinos y darse cuenta del problema.

—No os preocupéis —los tranquilizó el señor Tomás, con su larga barba blanca. Enseguida ponemos derecho el abrevadero y lo llenamos de agua.

Y así fue.

Después de beber hasta casi reventar, los animales agradecieron al burro su consejo.

—Tu sabiduría y tu experiencia nos salvaron, Margarito —le dijeron. Y el pollino rebuznó. O sonrió, que con los burros nunca se sabe.

Cuentan que, a partir de aquella tarde, Margarito se convirtió en el consejero del lugar. No había conflicto en los alrededores, por complicado que fuera, que no se solucionara con su saber.

¡Ah!, y en la granja se formó un coro animal que deleitó a toda la comarca con sus canciones. El director, por supuesto, era Margarito, que se había fabricado una batuta con una vara de olivo.

Y pensaréis que, con esto, Margarito era todo lo feliz que puede ser un burro. Pues no, todavía quedaba por llegar un acontecimiento luminoso, capaz de poner patas arriba la vejez del animal e inundarla de dicha.

A la granja vecina se mudó una familia con un hijo de pelo lacio, cuello corto, ojos rasgados y nariz con forma de silla de montar. Se llamaba Marco. En cuanto se conocieron, Margarito y él congeniaron. ¡Y se hicieron amigos de alma! Si te acercas a la finca, puedes verlos pasear juntos por los caminos. Si te aproximas aún más, puedes escuchar al borrico contarle alguna historia divertida de su infancia, y puedes oír reír a carcajadas a Marco. Y a Margarito rebuznar. O sonreír, que con los burros nunca se sabe.